손 없는 색시

경민선

연극과인간

차례

손 없는 색시

등장인물

색시	엄마가 될 만한 나이의 여자.
붉은점	색시의 아들.
주인	살구밭 주인, 건장한 남성.
할멈	묘지기.
땅	전쟁이 있었던 곳의 땅.
손	색시의 손. 한쪽 손등에 붉은 점이 있다.
남편	색시의 남편.
우물	신비한 우물.
이야기꾼1,2	이야기를 펴고 접는다.

1. 겨울

밥으로 된 산이 한 고개, 두 고개
떡으로 된 산이 세 고개, 네 고개
산에 눈이 하얗다
산에 나무가 늙었다

산 아래, 작은 집. 색시와 남편의 집.
남편은 불룩한 색시의 배에 귀를 대고 아가의 태동을
느낀다.

이야기꾼1   함박눈이 온 세상을 뒤덮은 밤…
　　　　　먼 곳에서… 전쟁이 났지.

갑작스레 쏟아지는 총성.
아름답게 퍼지는 조명탄.
긴 사이렌.

이야기꾼2   색시의 남편은 폭탄이 피어나는 전쟁터로
　　　　　떠나야만 했어.

색시   (불룩한 배를 만지며) 여보, 아기가 태어나기 전에 돌아와요

남편   걱정 마. 우리가 반드시 이길 거니까!

남편, 산 너머로 떠난다.

이야기꾼1   남편은 색시에게 편지를 썼어.

색시에게 편지가 배달된다.

색시   (편지를 읽는다) '이곳에서 풍기는 화약 냄새는 무척 평화롭다오.

뱃속의 아기는 얼마나 컸소?'

이야기꾼2   (소포를 배달한다) 가끔 소포도 보냈지.

이야기꾼1   (내용물을 확인한다) 태어날 아기에게 필요한 동화책, 우유병, 기저귀…

초인종 소리와 함께 커다란 소포가 색시에게 배달된다.

색시   (들뜬다. 소포를 보며) 이번엔 뭘까?

이야기꾼2   아마도 장난감!
이야기꾼1   (상자를 살핀다) 지난번보다 훨씬 큰데…

색시   (생각한다) …침대!
모두들   그래! 아기 침대!
색시   (상자를 쓰다듬으며) 자장 자장 우리 아가…
            아기가 태어나면 이 침대에 눕혀서 재워야지!

이야기꾼1   두근두근… 색시는 포장을 뜯고
이야기꾼2   상자의 뚜껑을 열었어!

색시   (놀란다) 안 돼!

이야기꾼1   상자 속엔… 색시의 남편이 잔뜩 구겨진 채로
            누워 있었어.
이야기꾼2   몇 억년 된 화석처럼…
이야기꾼1   도, 레, 미, 파, 솔, 라, 시, 도…
            머리엔 8개의 총구멍이 뚫어진 채로

색시   끝났어! 모든 게 끝이야…

             색시, 운다.

이야기꾼2   색시는 손으로…
             더러워진 남편의 몸을 어루만지고
이야기꾼1   손으로…
             멍하게 뚫린 남편의 상처를 쓰다듬고
이야기꾼2   손으로… 무덤을 파서 손으로…
             남편을 끌어다가 억지로… 억지로… 묻었어.

색시   (배를 어루만지며 운다) 아가야…
             차라리 뱃속에서 나오지 마…

             시간이 간다.

이야기꾼1   색시는 손으로 아픈 가슴을 두드리고
이야기꾼2   손으로 쓰디쓴 눈물을 닦고
이야기꾼1   폭발하는 온갖 고통을 짓눌렀어. (색시의 손을
             가리킨다) 자기 손으로!

색시, 눈물을 닦는다.

손 이제 그만!

색시 (울다 일어나서) 누구야…

손 지겨워!

이야기꾼1,2 저길 좀 봐…

색시 손? 내… 손?

손 (손바닥을 좍 편다) 지문에 걸고 맹세하지! 당신의 쓰디쓴 가슴을 만지는 일! 다시는 없어!

색시 분명… 내 팔에 붙은… 내 손!

손 한숨 쉬고 가슴 두드리고, 가슴 두드리고 실컷 울고… 지긋지긋해.

이야기꾼 (놀란다) 손이… 색시한테서 떨어지고 있어!

손 싱싱하고 펄펄 뛰는 걸 만질 거야. 당신 썩은 슬픔만 아니면 뭐든!

색시 그 손등의 붉은 점…

네 번째 손가락의 결혼반지…
다 내꺼라구! 넌 내 손이야!

손. 색시의 몸에서 떨어져 나와 완전히 독립한다.

손   (반지를 던진다) 반지 돌려줄게.
        남편 이름 부르면서 지랄 떨던 게 생각나.
        보석 한 알 안 박혔군.
        (점을 때려 한다) 이 붉은 점도 지울 수 있음 좋겠
        는데! 흉터 같잖아!
        나한테 어울리는 몸…
        내가 만지고 싶은 걸 만지는 근사한 몸을 만날
        거야.
색시   가지마… 제발! 이리 와서 도로 붙어…
        내 팔에…
손   당신, 왜 여태껏 내 몸뚱이였지?

손이 가버린다.

색시   (소리친다) 내 손! 내 손 잡아줘! 내 손!

색시, 울며 따라간다. 태동이 느껴진다. 색시 뒤뚱대다가 넘어져버린다.

2. 봄

이야기꾼1　손이 떠난 그날… 봄비가 와르르 내렸어.

이야기꾼2　색시는 꽁꽁 언 땅처럼 그 자리에 주저앉아 울고 또 울고.

이야기꾼1　새싹이 색시 엉덩이를 찌르고 돋아날 때까지 울고 또 울고…

밥 산에 새싹 돋는다.

떡 산에 나무가 푸르다.

색시의 배가 점점 불러온다. 색시, 배를 어루만지며 결심한다.

색시　죽어버려야겠어.

색시, 입으로 치마끈을 풀어 고리를 만들고 푸르른 나무

13

에 건다.

색시　　　　남편도 없고 손도 없는 여자가 애는 낳아서
　　　　　　　어째!

색시, 고리에 목을 댄다. 땅에서 발을 떼려는데…

붉은점　　　어무이?
색시　　　　여보… 당신? 분명 당신 목소리…
붉은점　　　아랫배에 힘들어갔네! 나, 지금 나가?
색시　　　　여보, 나도 당신 따라 간다!

색시, 땅에서 발을 뗀다.

이야기꾼1　색시가 목을 매네!

붉은점　　　어무이… 다리 벌리고! 배꼽 밑에 십리 길을
　　　　　　　쭉 깔어!

이야기꾼2　아니, 색시가 애를 낳네!

이야기꾼 2가 색시의 몸을 받쳐준다.

색시　　　아이구 배야… 아이구 배야…

붉은점　　어무이, 머리 나간다…

이야기꾼1　손 없는 색시가 애를 낳네!

　　　　　　손도 없고 남편도 없는 색시가 애를 낳네!

붉은점　　힘 줘! 이제 새끼발가락만 나오면 끝이야!

이야기꾼1,2　없는 게 많은 색시가 애를… 낳았네!

붉은점의 모습이 드러난다.

붉은점은 노인이다.

낡은 옷을 입었다.

붉은점은 여자와 탯줄을 이은 채 나온다.

둘은 탯줄과 함께 잠시 춤을 춘다.

색시　　　여보? 내 남편? 얼굴이 폭삭 늙었어.

붉은점　　여보 아니고 어무이 아들

붉은점이 밥 산에 돋은 새싹으로 탯줄을 끊는다.
붉은점은 자신의 소매로 간단하게 세수를 한다.
정좌하고 앉아 헛기침을 한다.

색시, 붉은점을 가만히 본다.

색시 내 아들?

이야기꾼1 (색시의 배를 가리키며) 지금 막 뱃속에서 튀어나
왔잖아.

색시, 자신의 배를 만진다.

색시 홀쭉하네… (불쑥) 내 아들이 노인네야!
말도 안 돼!

붉은점 아바이가 먼먼 전쟁터 가서 꼴까닥 한 후로
어무이 내장이 주구장창 눈물을 뿌리더라구.
어무이 피가 깊고 쓸쓸한 얘기를 내 목구멍에
처넣더라구.
그걸 견디다 보니 늙었지.

색시   (살피다가) 피리는 웬 거고?

붉은점, 등에서 피리를 뽑는다.

붉은점   아바이 유품. 도, 레, 미, 파, 솔, 라, 시, 도!
아바이 대갈통에 뚫린 총구멍을 쏙 빼 닮아
서… 구멍이 딱 여덟 개!

색시   (울먹인다) 여보… 내 남편…

붉은점   뚝! 울지 마. 한 곡조 뽑아 줄게.

붉은점, 피리를 분다. 덕분에 밥 산에 떡 산에 꽃이 활짝
핀다.
피리를 부는 붉은점의 손등에 돋은 새빨간 점들…
피리 가락에 맞춰 불룩댄다.

색시   네 손 등에도 붉은 점이 있네.
내 손등에도 붉은 점이…

색시, 저고리 소매를 걷으려다가…

색시   아… 손이 떠났지…

붉은점   배고파. 빈속에 피리 불었더니…

                젖 줘.

이야기꾼2   젖? 홀딱 늙은 아들놈이 무슨 젖 타령…

붉은점   (아가처럼 운다) 젖 줘! 으앙! 으앙! 앙~

색시   어떻게 하지…

붉은점   으앙! 으앙! 어무이가 되가지고 젖도 안주고!

                아앙! 앙!

이야기꾼1   색시는 일단 가슴을 풀어헤쳤어.

이야기꾼2   손이 없으니… 느릿느릿

붉은점   앙! 어무이가 되가지고 아들을 굶겨 죽이려

                고… 아앙!

                (어금니를 뽑아서 던진다) 배고파서 어금니 빠졌

                네… 앙!

                앞니도 흔들거려…

색시   뚝… 울지 마. 궁둥짝 두들기며 젖 줄게.

여자가 붉은점에게 젖을 내 준다.

붉은점   이쁘다!

붉은점이 여자의 젖에 안긴다.

붉은점   양손에 덥석, 이쁜 젖.

붉은점이 젖을 먹는다.

붉은점   혀 설설 녹는 뽀얀 젖.

이야기꾼1   (놀란다) 저, 저… 저 놈… 오줌 쌌네!

붉은점 주위가 흥건히 젖는다.

이야기꾼2   젖 빨자마자 무진장 싸재끼네!

색시   (혼낸다) 다 늙어서 오줌도 못 가려?
붉은점   한 살 먹은 놈이 오줌을 어떻게 가려!

여자가 떡 산에서 바지를 꺼낸다

색시	갈아입자.
붉은점	내 옷? 어무이가 꿰맸소?
색시	내 남편 거. 꼭 맞을 거야.

붉은점이 바지를 던진다.

붉은점	싫다! 나 늙게 만든 어무이 여보 싫다.
	새 옷 꿰매줘!
색시	새 옷?
붉은점	(피리 불며 재롱 떤다) 나 죽으면 봄, 봄에 진달래
	로 옷을 해 입고
	나 죽으면 여름, 여름에 소나기로 옷을 해 입고
	나 죽으면 가을, 가을에 첫 서리로 옷을 해 입
	고
	나 죽으면 겨울, 겨울엔 발가벗고도 춥지 않을
	옷을 한 벌 해 주오.
	무덤에서도 썩지 않을 새 옷 한 벌 꿰매주오.
색시	(버럭 화낸다) 나는 옷 지을 줄도 모르고

〔자신의 양팔을 내민다〕 손도 없는 멍텅구리 팔로
바느질을 어떻게 해!

붉은점   〔운다〕 앙~ 옷 한 벌도 안 꼬매 준대… 아앙!
내가 살면 얼마나 산다구… 하루를 사나, 이틀
을 사나… 앙앙앙아… 앙~
앙~ 앙앙앙앙…

이야기꾼2   저러다 아들 죽이겠네!
이야기꾼1   숨넘어간다… 넘어가…

붉은점 죽은 시늉을 한다.

색시   날 더러 어쩌라구…
붉은점   손, 어무이 손! 찾으러 가자!
색시   손?
붉은점   손 찾아서… 내 배냇저고리… 아니…
나 죽을 때 입고 갈 새 옷 한 벌 지어줘!
색시   날 버리고 떠난 손을 어떻게 찾아!
붉은점   고개 세 개 너머 산의 고름을 받아내는 누런
우물이 있다.

그 우물곁에 있으면 손이 온다!

이야기꾼1,2 아주 그냥 막 둘러대네!

붉은점 (손을 걷어 올리며) 내 손에도 있고
어무이 손에도 있는
붉은점이 일러줬어.

색시 붉은점?

붉은점 응!

사이.

색시 붉은점… (사이) 니 이름, 붉은점 어떠냐?

붉은점 좋은 이름 생각날 때까지 그렇게 불러.
손 찾으러 가자

색시 (나름 꿈꾸듯) 그래… 손 찾으러…
고개 세 개 너머 산 고름을 받아 내는 우물곁으
로?

붉은점 (잠든다) 드르렁… 드르렁… 드르렁…

색시 자? 자냐? 붉은점아…

붉은점   졸려… 어무이 좁은 뱃속에서 늙고 늙었더니 아함…

붉은점. 길게 하품한다.

이야기꾼2   손이 뭘 하고 돌아다니는지도 모르면서! 손을 찾겠다니…

이야기꾼1   소식 알아?

이야기꾼2   고 손이란 놈,
귀신같이 움직여서 빌딩을 오르락내리락 열쇠구멍 들락날락
보석이란 보석은 몽땅 훔치면서 날강도질 중!

이야기꾼2가 이야기하는 동안 손의 모습이 상징적으로 펼쳐진다.
사이.
낑낑대며 붉은점을 업는 색시.

색시   점아… 붉은점아… 그래, 까짓것… 가자… 손 찾으러…어디든 가자…

내 새끼… 어부바!

색시 붉은점을 업고 길을 간다.

3. 여름

햇살이 요란하다.

밥 산이 녹아내릴 듯… 떡 산이 삭아 내릴 듯…

매미 소리 지겹다.

이야기꾼1   밥은 빌어먹고 잠은 얻어 자고 색시랑 붉은점
이 손 찾으러 헤매는데…
덥네… 미치게 더워!

이야기꾼2   길이 가도 또 있고 가도 끝없고…

이야기꾼1   목말라…

살구나무 한 그루.

이야기꾼2   살구 서리를 하는데…

살구나무 아래, 붉은점이 엎드려 있다.
색시 붉은점의 굽은 등을 밝고 올라가 입으로 살구를
따려 한다. 잘 되지 않는다.

이야기꾼1   입이 닿을똥 말똥.

이번엔 색시가 엎드린다.
붉은점이 색시 등 위에 올라가 살구를 따려 한다.
붉은점의 허리가 굽은 탓에 잘 되지 않는다.

이야기꾼2   손이 닿을똥 말똥…
이야기꾼1   저러다 주인한테 걸리겠다!

붉은점, 겨우 살구 한 알을 땄는데…
건장한 살구밭 주인이 나타나 붉은점의 손을 낚아챈다.
주저앉는 색시.

주인   잡았다! 도둑놈!

주인, 붉은점의 손을 잡아 비튼다.

붉은 색 점이 있는 손이다.

붉은점   이거 놔! 뼈 부러져!

주인   전쟁 통에 살구 수십 수레를 슥삭 한 놈이
       누군가 했더니!
       딱 걸렸어!
       훔쳐간 살구 값 몽땅 내놔!

색시, 붉은점 의아하다.

붉은점   우린… 아직 살구 맛도 못 봤어!

주인   지난번엔 손만 잽싸게 날아 댕겨서 놓쳤지만
       똑똑히 봤어!
       (붉은점의 손등을 가리킨다) 손등에 뻘건점!

이야기꾼1   혹시 색시 손?

이야기꾼2   그 손이 살구밭까지 망쳐 놓은 게 분명해!

주인   내 살구 값! 물어내!

색시   (주인에게) 어르신… 저… 그런 게 아니라…

주인	(색시를 본다. 붉은점에게) 오! 젊은 마누라까지…
	훔쳤어?
붉은점	(색시를 보며) 누구더러 마누라래!
주인	그럼 첩? 꼴에 첩질까지!
색시	(화가 나서) 이보시오!
주인	(반해서) 캬~ 목소리 녹는다. 살구 값 없음,
	여자 넘겨!
색시	뭐라구!
주인	(유혹한다) 나랑 삽시다. 무슨 재미가 있겠어…
	저런 늙은이랑…
붉은점	늙긴 누가 늙어!
	내가 젊다 못해 한창 어린애지!
주인	힘도 못 쓰게 생겨가지고!
붉은점	웃기시네!
주인	어이 늙은이!
	(아랫도리를 불뚝대며) 여기서 오줌 쏘면
	저기 세 번째 살구나무까지 갈 수 있어?
붉은점	한방에 슝 날아가지!
주인	내기 걸까! 누가 누가 멀리 가나!
붉은점	오줌 싸는 건 세상 젤로 잘해!

주인	내가 이기면 니 마누라 무조건! 내거다!

이야기꾼2	지금 남부끄럽게 뭘 하자는 거야?
이야기꾼1	오줌발 멀리 쏘기!
이야기꾼1	살구밭 주인은 두루마기 벗어 던지고…
	바지 풀어 헤치고…
	아랫도리에 기운을 합!

붉은점	(색시에게) 어무이, 젖 한통 줘!
색시	여… 여기서?
붉은점	당장! 내가 지면 어무인 저 놈 하고 살아야 돼!
색시	아휴… 너 때문에 늙는다 늙어!
붉은점	누가 할 소릴!

색시, 저고리를 간신히 풀어 붉은점에게 젖을 준다.
젖은 다 먹은 붉은점. 트림을 꺽!

붉은점	어서 시작해 보자고!
주인	허리는 펴셔야지. 쯧쯧…
	오줌이 신발에 묻겠어!

28

붉은점	이놈이!
주인	자 그럼! 쉬!
붉은점	(동시에) 쉬!

주인과 붉은점 오줌을 눈다.

쭉쭉 뻗어나가는 주인의 오줌. 삐질삐질 나오는 붉은점
의 오줌…

이야기꾼1	저런 추세라면… 붉은점, 지 어무이 뺏기겠는
데!
이야기꾼2	팔자 고쳐 나쁠 건 없지. 늙어빠진 아들 뭐해!

붉은점의 오줌. 점점 굵어진다. 엄청난 소나기다.

이야기꾼1	이게 도대체 무슨 일이래!
이야기꾼2	붉은점의 오줌을 맞은 살구나무엔
깜박 꽃이 피더니 살구가 샘물 솟듯 송송퐁퐁!

주인	(붉은점에게) 세상에…

이야기꾼1 　전쟁통에 놀래 기절했던 씨앗들이 기지개를
　　　　　　쫘악!

주인 　　　거… 살구밭에만 뿌리지 말고
　　　　　　저 사과밭, 포도밭에도… 앞산… 뒷산에도…

　　　　　　여기저기 열매가 쏟아진다.

주인 　　　어째서 젊은 마누라를 모시고 사는가 했더니
　　　　　　비결이 있었네!
붉은점 　　(오줌을 다 누고는) 시원하다!
주인 　　　어디까지 가시는 길인가?
색시 　　　고개 세 개 너머 산의 고름을 받아 내는 우물
　　　　　　찾아 가요.
주인 　　　바람도 삼키고 세월도 삼킨다는 그 우물…
　　　　　　(잠시 생각하더니 자신의 옷을 색시에게 준다)
　　　　　　일단, 내 바지 빌려드리리다. 두루마기도!
　　　　　　길에선… 추근대는 놈들이 득실대지. 치마보
　　　　　　다야 남자가 편할 거요.

이야기꾼1	색시는 살구나무 아래서 여자를 벗고 바지를 입었어.
이야기꾼2	치마는 벗고 남자를 입었어.

색시, 완연한 남성의 모습이다.

주인	잘 생긴 미남일세. 이제 귀찮게 하는 놈들은 없겠수!
색시	(남성적이다. 주인에게) 말 좀 묻겠습니다! 우물까지 가는 길을 아십니까?
주인	곧장 가다보면 세 갈래 갈림길이 나온다네. 그 중에 공동묘지로 난 길로 쭉 가면 돼. (색시에게 몸을 비비적거리며) 그리고 이거… (가방을 건네는 척 슬쩍 엉덩이를 만지려 한다) 챙겨 가시게. 살구…
색시	(발로 주인 발을 밟는다) 어허! 이 사내대장부! 살구를 받을 손이 없수다!
붉은점	(주인에게 살구를 뺏으며 주인의 발을 밟는다) 아이구 삭신이야… 비가 오려나…

주인　　아야야⋯ 잘못했수! 어서들 가보슈!

이야기꾼1　색시가 늠름하게 앞장섰고!
　　　　　　붉은점은 따라갔지.

사이.

이야기꾼2　살구향이 폭신 깔린 달달한 길을
　　　　　　걷고 또 걷고⋯
이야기꾼1　얼마나 갔을까⋯ 하늘이 어둑해지더니 장대비
　　　　　　가 방아쇠를 당기지 뭐야!
　　　　　　두두두두두두두두두! 쏴아!

색시와 붉은점 나무 아래서 비를 피한다.
근심처럼 내리는 비.

붉은점　　어무이⋯ 살살 춥다⋯
색시　　　비 그치면 가을 오려나⋯

4. 가을

떡 산과 밥 산은 공동묘지가 된다.

음산한 달이 떴다.

이야기꾼1   캄캄한 달빛

이야기꾼2   고요한 바람, 바삭 파도치는 낙엽

이야기꾼2   수상한 산짐승들…

여우가 운다. 들개가 짖는다. 풀벌레 소리 들린다.

색시   이쪽도 공동묘지… 저쪽도 공동묘지…

붉은점   살구밭 주인, 엉뚱한 델 알려줬나!

색시   아직 갈림길도 안 지났는데… 온통 묘지…

남장한 색시와 붉은점. 두리번거린다.

이야기꾼1   색시와 붉은점, 길을 잃었구나.

붉은점   (반갑다) 어무이! 저기! 불빛!

이야기꾼2   (겁난다) 무덤들 한가운데! 집이 한 채!

이야기꾼1   아유, 으스스해!

색시   (다행이라는 듯) 오늘 밤은 저 집에 가서 부탁
          좀 하자…

          붉은점과 색시 집 앞으로 간다.

색시   (남성스럽다) 계십니까! 계십니까!

          인기척이 없다.
          슬쩍 문을 미는 붉은점.

붉은점   어무이, 문이 저절로 열려…

          둘은 집 안으로 들어간다.

색시   청소 한번 말끔하게 했네…
          달큰한 향기까지…

색시. 냄새에 취한 듯 집으로 들어간다.

붉은점　　(식탁 앞으로 달려간다. 술잔을 발견한다) 우와! 술!
　　　　　　(한 잔, 두 잔… 벌컥 들이킨다) 캬! 취한다! 취해!

의자에 벌러덩 앉는 붉은점.

색시　　　갓난쟁이 주제에! 술을 처먹냐!
붉은점　　어무이도… 한잔 해… (술을 따른다)
색시　　　(술을 홀짝) 흠! 취한다… 취해!
붉은점　　여기 앉아봐.
색시　　　(슬그머니 의자에 앉는 색시) 무슨 의자가 이렇게
　　　　　　폭신하고 편안해.
붉은점　　저기 침대! 엄청 넓어!

붉은점, 침대로 달려가 푹 쓰러진다.

색시　　　(슬그머니 붉은점 곁에 눕는다) 이런 데서 하룻밤
　　　　　　자 봤으면…

이야기꾼1,2　(잔뜩 겁에 질렸다)　색시와 붉은점…

무섭지도 않은지…

오싹하지도 않은지… 침대 위를 뒹굴…

뒹구르르르

색시　이불도 새 거고…

붉은점　베개는 보송송송…

색시　졸음이 솔… 솔…

붉은점　드르렁… 드르렁…

이야기꾼1,2　잠들면 안 돼!

색시　(문득 깨어)　점아, 붉은점아…　(선반을 가리키며)

저게 뭐냐!

이야기꾼1　색시, 드디어 침대 위 선반에 놓인 무언가를

발견하는데…

색시　으악!

이야기꾼2 해골바가지가… 하나, 둘…

이야기꾼1 세지 마, 세지 마! 도망부터 가야지!

색시 일어나! 붉은점! 어서!

색시, 붉은점을 깨우다가 침대바닥으로 굴러 떨어진다.
침대 밑에서 삐져나온 무언가에 색시 발이 턱 채인다.
발을 빼려 한다.
잘 되지 않는다. 색시 발을 빼는 순간! 시체들이 딸려
나온다. 기겁하는 색시.

붉은점 어무이… (색시를 보곤) 으악! 송장!

색시 나가자… 이 집에 있단 저 꼴 된다!

이야기꾼1 그때, 휑하게 열린 문으로 낙엽 한줌이 훅 밀려
들어오더니…

이야기꾼2 한쪽 어깨에는 곡괭이를 한쪽 어깨에는 송장
하나를 진 할멈이
저벅저벅…

색시   숨어… 붉은점아! 저기… 솥 뒤로…

이야기꾼1   색시는 물이 펄펄펄펄 끓는 솥 옆에 간신히 몸을 숨겼어.

이야기꾼2   그럼 뭘 해! 할멈이 꾸물대던 붉은점 어깨를 덥석!

붉은점. 할멈에게 잡힌다.

붉은점   놔! 이놈의 할망구!

이야기꾼1   붉은점은 할멈을 마구 걷어찼어!

붉은점   (소리친다) 귀신 맞지! 사람 잡아먹는 귀신!

이야기꾼2   그 말 들은 할멈, 붉은점을 내동댕이치고

이야기꾼1   곡괭이를 쳐들었지!

이야기꾼2   솥 뒤에 숨은 색시는… 된서리 맞은 꽃잎처럼 얼어붙었는데…

색시	안 돼!

색시, 뛰어나가 할멈의 곡괭이를 막는다.

할멈	네 놈들 누구야!
색시	사람이야! 할멈처럼 송장 먹는 짐승은 아냐!
할멈	송장을… 먹어?
색시	여기 송장들… 다 할멈이 죽였어!
할멈	(무시무시) 송장! 그래… 꼭 갖고 싶은 송장이 있어서 여기서 이러구 산다!

이야기꾼1	할멈이 부르르…
이야기꾼2	기회다! 붉은점이 색시를 끌고 열린 문으로 도망치는데…

할멈	못 가!

이야기꾼1	별안간 문이 쿡!
이야기꾼2	할멈이 냉큼 와서 길을 막았어.

부들부들 떠는 붉은점과 색시.

그런 색시를 빤히 보는 할멈.

할멈　　　　(색시에게) 총각…

이야기꾼1　　총각? 색시더러?

할멈　　　　(기괴하다) 자고 가.

이야기꾼2　　저 할멈, 지금 작업 거는 거야?

할멈　　　　딱 하룻밤만! 같이 자.

이야기꾼1　　(색시를 보며) 괜히 남자를 입어가지고 일만 꼬
　　　　　　　이네.

할멈　　　　(색시에게 성큼 다가온다) 내 아들이랑 젊은 것도
　　　　　　　비슷하고…

색시　　　　오지 마! 제발!

할멈　　　　(점점 다가온다) 내 아들이랑 억센 것도

비슷하고…

색시 할멈 아들까지 합세해서 우리 잡아먹으려고!

할멈 내 아들…

폭탄에 날아간 내 아들…

머리카락 한 줌 쥐어 봤으면… 뺨이나 살살
어루만졌으면…

전쟁서 돼진 아들 송장 찾으려고 몇 년째 공동
묘지를 못 떠나.

색시 거짓말… 저 선반 위의 해골이랑 침대 밑에…

할멈 엊그제 새로 주웠어.

관속에 넣어서 가족들한테 보내 줘야지…

송장 하나 그리워서 울고 가슴치고 가슴치고
울고… 그러고 있을 거 아냐…

이야기꾼1 할멈은 술을 한잔 붓더니 끅!

할멈 언젠간… 아들 송장 찾아서…

내가 직접 마련한 관 속에 눕혀주고 싶어.

언젠간…

사이.

할멈   (색시에게) 총각…

오늘 하룻밤만 내 아들 노릇해줘.

붉은점   (여전히 두렵다) 우린 인제 가보려고 하는데…

워낙 바빠서…

할멈   이 총각 아비 되시오?

붉은점   그러니까 그게…

할멈   (아들 생각이 났는지 한껏 미소) 그냥… 저녁이나

먹고…

내가 세수도 씻겨주고… 같이 자고…

이야기꾼1   할멈이 매달리는데 색시, 죽은 남편, 생각이

났어.

이야기꾼2   딱딱한 고기가 된 남편 송장을 상자에 넣고

색시한테 보낸 준 손이…

혹시 할멈 손이 아닌가 하고…

이야기꾼1   색시도 술을 한잔 붓더니 끽!

색시   아들 노릇 별건가요… 당장 해보죠!

(붉은점에게 인사를 꾸벅) 아부지! (할멈에게 또 한번 꾸벅) 어무이…

할멈　(색시를 안으며) 아이구 내 새끼! 인제 왔어!

색시, 할멈과 어울린다.

그 모습을 보던 붉은점, 등에서 피리를 뽑아 한 곡조 분다.

이야기꾼1　할멈은 색시에게 맛난 것을 먹이고

이야기꾼2　(솥에서 물을 퍼준다) 더운물로 얼굴도 씻기고 발도 씻기고… 손도…

할멈　울 아들, 손이… 없네!

색시　걱정 마, 어무이…

　　　　바람도 삼키고 세월도 삼키는 우물로 가서 손 찾을 거니까…

할멈　우쭈쭈쭈 울 아들… 그 우물, 저 설먹안 긴니면 바로야.

이야기꾼1　할멈은 고름 범벅이 된 색시 팔목을 깨끗이 씻

어쥤어.

이야기꾼2 색시는 손이 떠난 자릴 처음으로 자세히 봤지.

할멈 (상처를 보며) 내년 봄까지만 아물면 꽃도 피겠어. 씨 뿌리고 물 주면…

이야기꾼1 할멈은 자기 치마를 쭉 찢어서 상처에 묶었어.
이야기꾼2 그리곤 드르렁… 할멈도 색시도 드르렁…
이야기꾼1 무슨 반가운 꿈을 꾸는지… 드르렁 드르렁
이야기꾼2 오랜 만에 편한 잠을… 아침이 오는 줄도 모르고 드르렁!

아침 해가 솟는다.

붉은점 (깨어나며 하품한다) 아함! 어무이 어서 가자!
색시 할멈 깨면 못 가겠지!

이야기꾼2 살그머니 문을 여는데…

붉은점,색시 첫눈이다!

길을 가는 붉은점과 색시.

5. 겨울

밥 산과 떡 산에 눈이 가득.

온 세상이 눈 천지.

시간이 멎은 듯…

이야기꾼1   색시랑 붉은점 어딜 갔대?

이야기꾼2   아무도 없네…

두리번거리는 이야기꾼 1, 2

바람이 휙!

붉은점, 색시   (별안간) 에취!

기침 한 번에 눈 더미 속을 부수고 나오는 붉은점과 색시.

순간, 멀리 드러나는 낭떠러지.

색시　　　똥 싸다가 고드름 될 뻔했네!

붉은점　　어무이, 엉덩이 들어.

이야기꾼1　붉은점, 색시 똥을 쓱~

붉은점　　저 절벽 지나 우물, 우물곁에서 손 찾으면 그때
　　　　　　부턴 어무이가 닦아.

이야기꾼2　붉은점, 색시 옷도 쓱~

색시 옷을 올려주는 붉은점.
훌쩍 벼랑 끝으로 뛰어가는 색시.

색시　　　네 새 옷 꿰매 줄려면 이 절벽을 꼭 넘어야
　　　　　　할 텐데…

멀리 보는 색시.

이야기꾼1　갈 길이 뚝 끊겼네.

이야기꾼2　지나온 길 말고는 사방이 낭떠러지…

붉은점   어무이… 저거…

붉은점 눈길을 따라가면 절벽 끝에 긴 장대.

색시   (장대를 보며) 외나무 다리가 있었나봐?
                절벽 너머로 가는?
붉은점   어째서 몽창 부러졌대?
색시   일단 파내볼까?
붉은점   어무이 내 허리 안어.

색시, 머리로 붉은점의 허리를 부둥켜안는다.
붉은점, 장대 끝을 쥐고 당긴다.

붉은점   하나, 둘 (힘을 쓴다) 하나, 둘… 둘… (장대를
                놓고는) 손 시려…

색시 소매로 붉은점 손을 감싼다. 입김을 후후 분다.
볼로 비며 준다.
붉은점 다시 장대를 잡는다. 색시, 붉은점의 허리를 안는
다.

붉은점   하나, 둘, 두울, 두…울, 셋, 세엣, 셋!

장대가 쑥 빠진다. 동시에 흰 눈에 가려져 있던 엄청난
무기들이 드러난다.
장대처럼 보였던 것도 사실 주포의 일부분.

붉은점   어무이…

색시와 붉은점 멍하니 주위를 본다.

색시   저건 총 주둥이… 저건 대포 주둥이…
부서진 탱크 바퀴, 설설 기는 건 비행기 날개…

이야기꾼1,2   도대체 여기가 어디래?

색시   (코를 킁킁댄다) 이 냄새… 남편 편지에서 풍기
던 화약 냄새…

이야기꾼1,2   분명… 전쟁터?

붉은점	아바이… 여기서 싸웠냐? 여기서 꼴까닥 갔어?
색시	(두려움을 느낀다) 안되겠다… 붉은점아… 집으로 돌아가자!
붉은점	손은? 어무이 손 찾아야지!
	이 절벽만 건너면…
색시	그 너머에 끔찍한 게 살 것 같애! 집어치우고 가자, 집으로!
붉은점	싫어! 안 가!
색시	니 아바이처럼 총탄에 타죽고 싶어! 핏물에 처박혀서 뒈질 거냐고!
붉은점	(분해서 소리를 꽥) 나, 붉은점이요, 아바이 덕에 늙은 자식 붉은점!

'붉은점' 하는 메아리가 들린다.
뒤이어 엄청난 굉음과 함께 붉은점과 색시가 선 땅이 요동친다.

(목소리)	폭격이다! 폭격! 두두두!
	전진하라! 전진! 꼼짝 마! 포위됐다! 포위됐다!

이야기꾼2   전쟁 아직 안 끝났나…
이야기꾼1   진작에 결판났는데!

(목소리)   공격! 공격! 후퇴하라! 아니! 진격이다! 진격!

사이.

이야기꾼1   갑자기 수상하게 덮치는 고요!
이야기꾼2   색시와 붉은점 눈밭에 숨어서 주위를 살폈지.

(목소리)   전멸이야! 전멸!
붉은점   누굴까?
(목소리)   구조요청! 구조요청!
붉은점   도와줘야 하는 거 아냐!
색시   나서지 마!
붉은점   (소리친다) 난 붉은점이요! 거기 누구요!

색시와 붉은점이 서 있는 자리가 요동친다.
두 사람, 비명 지르고…

(목소리) 땅이다! 땅!

목소리의 정체는 땅.
군인들처럼 붉은점과 색시를 빙 둘러싸는
수십 수백 명의 땅.
그러다 문득 하나로 합쳐지는 땅.

붉은점 땅?
색시 땅!

다시 한 번 요동치는 땅.

땅 그래, 땅! 네 놈들! 내 몸뚱이에 총알 박으러
왔냐!
손들어! 무기 버려!
붉은점 우린… 새총 하나도 없는데…
색시 (푼수 같다) 저… 땅… 땅이라 했소? 에이…
진작 얘길 하지…
군인들 몰려 온 줄 알고 혼을 뺐네… 다행히
전쟁은… 끝난 모양이오?

땅	전쟁… 그거 멋있었지… 불길 펄펄 날고 빛은 튀고 눈앞이 번쩍번쩍…
	골통 박살날 줄도 모르고! 콰콰광쾅! 쾅쾅! 몸뚱이 무너지는 줄도 모르고 피웅피웅 피우웅!

지진이라도 난 듯 요동치는 땅.

붉은점	땅! 거 말 좀 물읍시다.
	저 너머 우물 찾아 가는 중인데 길이 끊어졌어. 온통 낭떠러지… 어디가 길이요?
땅	눈깔 터졌냐! 길이 어딨어! 지랄병난 화약을 삼켰다, 뱉었다… 우엑, 우엑… 내 몸뚱이가 온통 잿더민데… 뭔 수로 길을 만들어!
	(고통을 느낀다) 폭격이다! 폭격! 으악! 그만 쏴! 그만!

다시 한 번 요동치는 땅.

색시	항복… 난… 눈덩이 하나 던질… 손도 없소…
땅	(고통스럽다) 멈춰! 그만 쏴서! 그만 때려! 그만

부셔!

색시   땅? 어디… 아픈 데라도 있수…

땅   제발… 제발… 내버려둬!

이야기꾼1   땅이 야단법석 난리를 치더니 한 살배기 아가
처럼 울지 뭐야.

이야기꾼2   하염없이 발광하지 뭐야.

계속해서 몸부림치는 땅.

붉은점   (피리를 뽑아들고) 뚝! 한 곡조 뽑아줄게!

이야기꾼1   붉은점, 피리 구멍에 바람을 넣어 간신히 땅을
달랬지.

붉은점의 피리소리에 맞춰 사뿐 일렁이는 땅.

색시   이제 괜찮소?

땅   (아픔을 참으며) 제발… 그 자리에서 딱 한 발짝
만… 비켜줘…

색시	(자리를 옮기며) 이렇게?
땅	(살겠다는 듯) 휴… 댁이 서 있던 자리… 아래… 내 가슴 깊숙이… 총알이 박혔어. 그것도 여덟 개나…
붉은점	(반갑다) 도 레 미 파 솔 라 시 도! 울 아바이도 대갈통에 총구녕 여덟 개가 뻥 뚫려서 뒈졌는데…
땅	햇볕 비춰도 아프고 바람 지나도 아프고… 밤에도 낮에도 총알 박힌 데가… 아프고… 아파…
색시	그 총알… 빼내줄까!
붉은점	어무이가? 손도 없으면서?
이야기꾼1	색시는 두리번 휙! 붉은점 손에 든 피리를 입으로 덥석.
붉은점	내 피리로… 총알을 파내겠다고?
이야기꾼2	색시는 입에 피리를 물고… 방금 전 자기가 서 있던 자리를 파고 또 팠어.

땅	이히히히… 아이고 근지러! 우히히히…아이고 시원해…
이야기꾼1	색시는 녹슨 철모도 파내고… 싱싱한 군복도 파내고…
	댕강 목 잘린 군화도 파냈지.
붉은점	(피리를 뺏으며) 어무이, 이러다 입술 터지겠다.
색시	(문득) 내 남편 머리에도… 총알이 박혀 있었던 거 같은데…
	나… 왜… 총알 빼줄 생각을 못했을까…
	(훌쩍인다) 그땐… 손도 멀쩡했는데…
땅	울어? 힘들어서? 고깟 등허리 쫌 긁어줬다고?
색시	(눈물 터진다) 억울해서 그래… 땅, 미안해서… 그런다고…

묵묵히 땅을 파는 색시.

사이. 교대하는 붉은점. 손으로 피리를 쥐고 땅을 판다.

이야기꾼1	색시와 붉은점은 긴 긴 겨울 동안 땅을 향해 고개를 숙였어.

이야기꾼2	나무뿌리를 끼니 삼아 함박눈 이불을 덮고 자면서
이야기꾼1	악수를 청하듯…큰 절을 올리듯… 긴 편지를 쓰듯…
이야기꾼2	피리 한 자루로 더듬더듬 애를 썼지.

피리를 물고 여전히 땅을 파는 색시.

갑자기 부러져버리는 피리.

색시	어쩐데… 피리가 부러졌어…
붉은점	어쩐데… 총알은 아직 한 알도 못 파냈는데…

이야기꾼1	그때 봄비가 와르르르…
이야기꾼2	빗물이 철석! 도막난 피리는 둥둥!

색시,붉은점	피리… 피리가… 떠내려간다!

땅	내가 건져 볼게! (붉은점을 가리키며) 네 아바이, (색시를 가리키며) 자네 남편 마지막 유품인데… 잃어버리면 쓰나!

이야기꾼2	땅은 빗물에 휩쓸리는 피리를 집으려고 이리 기우뚱… 저리 기우뚱…
땅	(뭔가를 삼킨다) 어떡하지… 내가 피리를 삼켜 버렸어! 아이구… 아이구…
색시	땅, 어디가 또 아파?
땅	왜 이렇게 뱃속이 뜨뜻해! 뭐가 이렇게 벅차… 아이구… 아이구…
붉은점	땅, 괜찮은 거야?
땅	피리가… 가슴 속에서 피리가… 막 뭐라고 하는 것 같애.
	음… 음… <u>으으음</u>… 피리가 저절로… <u>으으음</u>… 노래가 터져 나와!
이야기꾼1	땅은 박혀 있던 총알 여덟 개를 하늘 높이 뱉었어.
	도 레 미 파 솔 라 시 도…

비 내리는 하늘에 펑펑 터지는 총알.

땅   이제야… 끝난 모양이야… 전쟁이… 꽉 막혔 던 전쟁이… 드디어…

떡 산과 밥 산에 한바탕 쏟아지는 비.
무기들이 빗속에 녹아든다. 무기들 여기저기에 새싹이 돋는다.
어느새 비가 그쳤다. 햇볕이 부드럽다. 바람이 간지럽다.

이야기꾼1   땅은 축축한 햇볕을 들이마시곤 오랜만에… 길을 만들었어.

붉은점   어무이… 저기… 벼랑 끝에…
색시   (놀란다) 우와… 오솔길이 생긴다…
땅   누런 우물 찾아 간다고 했나?
색시   (처음 들어 본다는 듯) 우물? (생각났다) 그렇지 손 만나야지!
세상에! 어쩌다 그걸 깜박했대…
땅   그 우물 속엔 여태껏 못 만져본 굉장한 게 들었 다며?
붉은점   (놀라며) 그게 뭔데?

땅	이 길을 따라가. 어디든 가고 싶은 데로 갈 테니까.
	아마도 길 끝엔 만나고 싶은 이가 기다리고 있을 거야.

색시와 붉은점. 조심스레… 땅이 만들어준 길에 발자국을 찍는다.

6. 다시, 봄

어느새 떡 산과 밥 산에 꽃이 한창이다.

이야기꾼1	이 길만 따라가면 우물 나올까? 붉은점은 봄바람을 밟으며 생각했어.
이야기꾼2	우물 옆에… 손이 왔을까? 색시는 시끄러운 햇살을 쫓으며 생각했어.
이야기꾼1	근데 손 말야… 소문에 들으니 색시를 찾아다닌다는 얘기가 있더라구
이야기꾼2	설마! 새 몸뚱이를 만나서 엄청난 걸 만지면서

돌아다닌다던대?

붉은점   우물! 우물이다!

이야기꾼1,2 어디? 어디!

색시   (감격한다) 결국 도착했어! 진짜 누런 우물이야!

이야기꾼1   (우물을 찾으며) 손은? 왔어?
이야기꾼2   (우물을 찾으며) 대체 우물이 어딨는데!
색시   저기 꽃 덤불 사이에!

            색시와 붉은점. 우물에게 달려간다. 그 사이 우물 다른
            곳에 숨는다.

색시,붉은점 여기 분명 있었는데…

이야기꾼1,2 우물, 저깄다!

색시,붉은점 어디? 어디!

이야기꾼1,2 돌담 옆에!

색시와 붉은점 우물에게 달려간다. 우물 또다시 숨는다.

색시 어떻게 된 거지… 우물이 어디로…

이야기꾼1,2 나무 그늘 밑에!

붉은점 저놈의 우물!

도망치는 우물.

색시 거기 서!

색시, 붉은점, 우물의 추격전, 숨바꼭질.
점점 지치는 붉은점.

붉은점 헥헥… 어무이… 나… 더는 못 뛰어!
색시 걱정 마, 업혀!

색시, 붉은점을 업고 우물을 뒤쫓는다.

약 올리는 우물.

색시, 점점 힘이 빠진다.

색시   어휴… 무거워… 어휴… 땀난다…

우물을 잡을 듯… 잡을 듯… 놓치고 마는 색시.

색시   (나가떨어진다) 어지러워… 물… 물…

놀이에 열을 올리던 우물, 심심해졌다.

색시에게 다가온다.

우물   얼었다 녹았다 똑똑 우는 내 물, 풍덩! 마실래?

이야기꾼1   (색시에게 물을 먹여준다) 색시는 물을 벌컥, 벌컥!

색시   시원하다… 내 아들, 너도 마셔…

이야기꾼2   붉은점, 물 한 바가지를 푸려고 우물 앞에 섰지.

우물. 거울인 듯 붉은점을 비춘다. 우물. 붉은점을 따라 한다.

붉은점   어무이! 우와! 우물 속에 내가 보여…
         (표정을 지어본다) 코를 벌렁, 우물도 벌렁…
         입술 삐쭉, 우물도 삐쭉… 혀를 낼름, 우물도
         낼름…

우물   (홀리듯 노래한다)
         헌 다리 내놔, 새 옷 줄게. 진달래로 엮어 만든
         새 옷 줄게.
         헌 얼굴 내놔, 새 옷 줄게. 소나기로 꿰매 지은
         새 옷 줄게.
         니 몸뚱이 내놔, 새 옷 줄게! 발가벗고도 춥지
         않을 새 옷을 줄게.
         몸뚱이를… 내놔!

이야기꾼1   우물이 풍덩! 붉은점한테 달려들너니!
이야기꾼2   붉은점 다리를… 얼굴을…
이야기꾼1   붉은점 몸뚱이를… 풍덩덩

붉은점   (허우적댄다) 붉은점… 살려! 어무이… 어무이…

이야기꾼1,2 붉은점을 삼켰어!

            붉은점. 우물에 빠진다. 우물에 먹힌다.

색시   점아, 붉은점아!
붉은점   어푸푸푸! 어무이… 어무이…
색시   아유 내 새끼… 아이구 어쩌나…

이야기꾼1   색시, 붉은점을 건지려는데…
이야기꾼2   뭘 로 건져? 머리로? 발로? 입으로?
            손이 있어야 건지지!

붉은점   이대로 내버려 둘 거요! 어푸푸푸…
색시   자식 죽네… 죽어… 누구 없소!

            붉은점을 구하려고 난리 피는 색시.

이야기꾼1   아니… 저게 누구야…

손. 상처투성이 손이 우물을 발견한다.

색시   너… 내… 손?

손   (반기며) 넌 원래 내 몸뚱이!

        널 만나려고 소문 따라 여기까지 왔어.

색시   그 동안 많이 변했네…

손   긴말 필요 없고 너 다시 내 몸뚱이가 돼 줘!

색시   나도 지금 당장 네가 필요해!

이야기꾼1   색시는 입으로 소매를 걷어 올렸어!

이야기꾼2   손은 색시 손목에 칭칭 감긴 붕대를 아무렇게

          나 풀어헤쳤지.

이야기꾼1   뽀얗게 잘린 손목이 드러나자 색시는…

          모르는 사람 앞에서 옷을 홀딱 벗은 것처럼

          부끄러웠어!

붉은점   어푸푸… 살려줘… 어무이…

색시   그래! 너만 나한테 붙으면 우리 붉은점 구할

        수 있어!

손   몸뚱이 없이 돌아다니는 건 피곤해.

모두들 제 손을 더럽히기 싫은 일들만 골라
나를 시켰으니까!

이야기꾼1   손은 색시를 무작정 부둥켜안았어.
이야기꾼2   한 번, 두 번… 색시도 안간힘을 썼지.

색시와 손, 서로 붙어보려고 노력한다. 어긋난다.

손   이럴 수가… 안 붙잖아.
색시   아물었네…
손   (색시에게 달려든다) 다시 한 번… 두 번…

역시 실패.
색사, 운다… 통곡한다. 절망한다.

색시   상처가… 나았네… 자식 죽으라고… 깨끗이
           아물었어…
손   분명 난 네 몸뚱이에서 떨어져 나왔는데…
           변해버렸다니…
색시   떨어져 헤맨 세월이 얼만데… 그때 그 핏줄이

	살았을 리 없지…
손	이젠 어떻게 하지… 어떻게…
붉은점	어푸푸… 가라앉아! 우물 속에… 끝도 없이!
색시	점아… 붉은점아…

이야기꾼2	그때, 색시 눈에 들어온 건… 손이 아무렇게나 풀어헤쳐 논 붕대…
이야기꾼1	공동묘지 할멈이 색시 상처에 묶어 줬던 그 끈!
이야기꾼2	색시는 머리로 발로 입으로 붕대 한쪽 끈을 제 허리에 묶고는 손앞에 섰어.

색시	(온몸으로 끈을 안는다) 그 옛날… 내 손… 우리가 다시 붙진 못했지만… 내 아들 살리자!
손	아들이… 있었나…
색시	이 끈 잡고 저 우물 안으로 들어가서 내 아들을 붙잡아. 난 밖에서 당길 테니까!
붉은점	어무이… 어무이…
색시	어서가! 우물 속으로! 그 애 손에도 붉은점이

있어!

손   (자신의 붉은점을 인식한다) 나를 닮았다고!

          니 아들이…

색시   네가 날 떠나지 않았다면 넌 날마다 그 앨…

손   만졌겠지!

색시   마지막일지도 몰라. 내 아들을 만져볼 수 있는

          기회!

손   (왠지 망설인다. 설렌다) 한번쯤… 만나볼까…

붉은점   제발… 살려줘…

손   악수라도 해봐야겠지!

이야기꾼1 손은 붉은점의 비명에 이끌려 우물 속으로 풍

          덩!

우물 속 모습이 펼쳐진다.

가라앉는 붉은점. 붉은점을 낚아채는 손.

이야기꾼2 색시는 온 힘을 다해 끈을 당겼어.

끌려올라오는 손과 손에게 안긴 붉은점.

이야기꾼1   (색시를 응원한다) 조금만… 더 힘을 내!

            그 순간, 색시의 끈도 훅 밀려온다.

이야기꾼2   색시까지 우물에 빠지겠어!

붉은점   어무이… 어무이…
색시   붉은점, 내 아들아!

            간신히 버티는 색시.

이야기꾼1   끈이 끊어진다! 끊어져!

            그 순간, 소용돌이치는 우물. 그 소용돌이 속에 섞이는
            손과 붉은점.
            붉은점의 몸은 조각조각 해체된다. 손은 그 해체된 몸을
            감싸준다.
            또 한 번 소용돌이치는 우물.

            드디어 끈이 끊긴다.

그 순간. 나뒹굴며 기절하는 색시.

그 순간. 아이를 낳듯 뭔가를 토해 놓는 우물.

그림자처럼 사라지는 손.

이야기꾼2 어떻게 됐어? 붉은점은? 색시는? 손은?

사이.

우물곁에서 아이 하나가 고개를 내민다.

아이 (노래한다) 나 죽으면 겨울, 겨울엔 발가벗고도
춥지 않을 옷을 한 벌 해 주오…
십 년이 가고 백 년이 가도 바래지 않을
새 옷을 한 벌 해주오.

색시 (깨어나며) 점아… 붉은점아…

아이 어무이…

색시, 아이를 본다.

색시 너 누구냐?

아이	어무이 아들, 붉은점…
색시	내 아들은… 노인넨데…
아이	(손을 들어 보이며) 봐, 붉은점… 어무이 아들!

붉은점이 손을 들어 보인다. 붉은색 점이 있다.

색시	점아… 홀딱 센 머리, 굽은 허리 어쨌냐…
아이	어무이 손이 다 가져갔어!
색시	내 손? 그렇지! 내 손… 찾아서
	(손이 없는 자신의 손목을 보며) 네 새 옷 지어 주려
	고 여기까지 왔는데 내 손은 영영 멍텅구리…
	네 새 옷 지어주긴 틀렸네…
아이	(자신의 몸을 인식하며) 검은 머리, 또렷한 눈, 발
	그레한 뼈와 살…
	어무이는 이거만한 새 옷을 봤어?
색시	(아이를 안으며) 그래… 손 없이 살지 뭐.
	눈물 찍을 손이 없으니… 눈물은 흐르라고 냅
	두고
	얼굴 씻을 손이 없으니… 흙먼지로 화장하고
	똥 닦을 손이 없으니 버티는 데까지 버티는 데

까지…

끙… 버티다가! 가끔씩 싸고 살면 되지 뭐!

색시, 아이를 안아준다.

이야기꾼1 그날부터 색시는 별일 없이 늙었고

이야기꾼2 그날부터 붉은점은 제 멋대로 컸고

이야기꾼들 세상은 한동안 고요했지.

색시, 꽃이 지듯 늙는다. 아이, 숲인 듯 무성하다.

커튼콜

극에 등장했던 모든 존재들이 밥 산과 떡 산에서 피고진다.

〈노래-이야기1〉

모두들 이야기, 이야기…

목매 죽을라다 길 떠난 이야기.

길 떠난 김에 님 만난 이야기.

이야기, 이야기…
생각해 보면 속 뒤집히는 이야기
뒤집어 보니 딴 세상 이야기
딴 세상에서 님 만난 이야기

이야기, 이야기…
당신이 없었으면 잊었을 이야기.
당신은 어디에? 오늘 밤 이야기 속에나…
당신을 찾으려고 길 떠난 이야기.

이야기, 이야기…
일차, 삼차, 사차… 퍼 마신 이야기.
비틀비틀 말이 없는 이야기.
잔뜩 취해서 꿈을 꾸는 이야기, 이야기…

끝.

삶—상처와 회복, 고통과 치유의 드라마

이성곤 (한국예술종합학교 연극원 교수)

경민선의 〈손 없는 색시〉는 한국뿐만 아니라 아시아와 유럽에 편재해 있는 보편 설화에 모티프를 둔 작품이다. 설화에서는 손이 거세된 주인공이 손의 재생과 함께 행복한 삶을 회복한다는 스토리가 일반적이다. 주인공이 겪는 시련과 고통은 재생과 회복, 그리고 더 나은 삶을 위한 여정이자 통과의례다. 그 과정에는 늘 계모나 시어머니 같은 반동인물들이 중요한 갈등의 전기를 제공한다.

그러나 경민선의 〈손 없는 색시〉는 일반의 기대와 상식을 배반한다. 외부적 요인이나 자극이 아니라 손 스스로 색시의 몸을 떠나기 때문이다. '한숨 쉬고 가슴 두드리고, 가슴 두드리고 실컷 우는' 지긋지긋한 색시의 몸 대신 자기가 '만지고 싶은 걸 만지는 근사한 몸'을 찾아 자발적으로 떠난다. 설화와 달리 색시도 일방적이고 수동적으로 고난을 강요당하기만 하는 존재가 아니다. 자기 몸에서 떨어져나간 손을 찾아 스스로 길을 나서는 의지적 인물이다.

갈등의 중심에는 전쟁이 있다. 전쟁터로 떠난 색시의 남편은 몇 통의 편지와 소포를 보내고는 주검으로 돌아온다. 머리에 8개의 총구멍이 나고 상자 속에 구겨져 담긴 채 소포로 배달된다. 손은 색시의 '썩은 슬픔'을 버리고 '싱싱하고 펄펄 뛰는' 걸 찾아 떠난다. '깊고 쓸쓸한 얘기'를 먹고 자란 애기는 늙은 노인네의 모습으로 태어난다. '늙은 아들'의 수의가 될 배냇저고리를 지어주기 위해 색시와 '늙은 아들'은 손을 찾아 '고개 세 개 너머 산 고름을 받아내는 우물'을 향해 여정을 시작한다. 미래를 저당잡힌 채 늙은 노인의 모습으로 태어난 붉은점, 전쟁터에서 죽은 아들 송장을 찾기 위해 몇 년째 공동묘지 시신을 주워 모으는 할멈, 전쟁으로 만신창이가 된 땅과 몸뚱이만 보면 집어삼키려는 우물 등 〈손 없는 색시〉에서 제시되는 세계는 절망스럽고 끔찍하기 이를 데 없는 것처럼 보인다.

그러나 자세히 들여다보면 〈손 없는 색시〉가 그려내는 세계는 역설과 아이러니, 유머로 가득 차 있다. 폭탄이 피어나는 전쟁터에서 풍기는 화약 냄새는 무척 평화로우며,

조명탄은 아름답게 퍼진다. 아버지의 머리에 난 8개의 총구멍은 '늙은 아들' 붉은점이 태어나면서 갖고 나오는 피리로 은유된다. 전쟁과 야만의 시대에 일상화된 폭력성은 피리의 음계로 대변되는 음악성으로 승화된다. 전쟁으로 깊은 상처를 입은 땅은 피리를 삼키고 치유된다. 피리를 삼킨 땅 속에서 '도레미파솔라시도' 노래가 흘러나오자 '땅은 박혀 있던 총알 여덟 개를 하늘 높이' 뱉어낸다. 마지막 장면에서 우물에 빠진 붉은점은 색시의 손과 하나가 되어 원형을 회복한다. 여성(색시)과 아이(붉은점), 음악(피리)의 원리로 세상은 조화를 되찾는다. 전도된 세계가 원형을 회복해나가고 손이 떨어져나간 자리에 생긴 색시의 상처는 깨끗이 아문다. '손 없는 색시'의 여정이 펼쳐 보이는 드라마는 곧 "상처가 꽃이 되는 순서"에 다름 아니다.

그렇다고 조화와 회복이 원형의 온전한 복원을 의미하지는 않는다. 색시의 팔은 이미 상처가 아물어 떨어져나간 손이 붙은 자리가 없다. 상처 위에 새 살이 돋아난다. 상처는 아문다고 사라지거나 덮여지는 것이 아니다. 늘 곁에 두고 인정하는 것이라는 작가적 메시지를 동시에 읽을 수 있다.

재담처럼 익살스럽고 재치있는 대사도 현실이 짓누르는 무게감을 덜어준다. 목을 매려던 색시는 '배꼽 밑에 십리 길을 쭉 깔고' 붉은점을 낳는다. '홀딱 늙은 아들놈의 젖 타령'에 가슴을 풀어 헤친다. "다 늙어서 오줌도 못 가려?" "한 살 먹은 놈이 오줌을 어떻게 가려!" 젖을 먹고 난 후 색시와 붉은점이 나누는 해학적인 대사다. '붉은점의 오줌을 맞은 살구나무엔 깜박 꽃이 피더니 살구가 샘물 솟듯 퐁퐁퐁퐁' 쏟아진다. 나아가 손과 땅, 그리고 우물을 의인화하여 독립적 캐릭터로 만들면서 의외성과 함께 놀이성도 풍성하게 만들었다. 시적이면서도 여백을 추구하는 지문과 대사는 작품에 숨통을 불어넣는다.

색시는 두 손을 잃었다. '손'은 주로 인간에게만 허용되는 단어이다. 그래서 '손'은 생물학적 용어라기보다는 사회학적·문화적 용어에 가깝다. 무엇을 쥐거나 움켜잡을 때 손을 사용한다. 뭔가를 포기하거나 그만 두라고 할 때 손을 떼거나 씻으라고 말한다. 대단한 성취를 이루어냈거나 결의를 다질 때는 두 손을 치켜든다. 손이 소유와 욕망을 표상하는 기호로 자주 해석되는 이유다. 따라서 손의 상실은 곧 욕망의 상실이다. "모두들 제 손을 더럽히기 싫은 일들만 골라 나를 시켰으니까". 색시 몸에서 떨어져나가 상처투성이가 되어 다시 나타난 손의 대사다. 손이 우물에 빠진 붉은점을 구하면서 붉은점과 뒤섞이는 것은 자궁을 상징하는 우물 속에서 정화된 욕망과 새로운 몸으로 재탄생하는 과정으로 볼 수 있다.

〈손 없는 색시〉는 순환구조로 되어 있다. 남편이 전쟁에서 죽고 손이 떠나는 겨울에서 시작해 붉은점이 태어나는 봄, 그리고 손을 찾아 나서는 여름, 가을, 겨울을 거쳐 손을 찾고 붉은점이 아기로 다시 태어나는 봄이 오면서 마무리된다. 죽음과 탄생, 재생과 회복의 전형적인 구조다. 그날부터 손 없는 색시는 별일 없이 늙었고, 아기의 몸으로 다시 태어난 붉은점은 제멋대로 컸지만, 세상은 '한동안 고요'를 되찾았을 뿐이다. '밥 산과 떡 산에서 피고 지는 모든 존재들에게 상처와 고통의 온전한 회복과 치유란 허락되지 않는다. 다만 상처와 회복, 고통과 치유의 반복이 곧 우리의 삶이라는 사실을 인정해야 하는 것이다. 경민선의 〈손 없는 색시〉가 던져주는 메시지다.

손 없는 색시

1판 1쇄 발행 2018년 4월 25일
1판 2쇄 발행 2019년 3월 15일

지은이   경민선
펴낸이   박성복
펴낸곳   도서출판 연극과인간
주소   01047 서울특별시 강북구 노해로25길 61
등록   2000년 2월 7일 제6-0480호
전화   (02) 912-5000
팩스   (02) 900-5036
홈페이지 www.worin.net
전자우편 worinnet@hanmail.net

ⓒ 경민선, 2018

ISBN 978-89-5786-635-1 03810

값은 뒤표지에 있습니다.